獻給～
親愛的家人

風箏飛呀飛

文 · 圖 / 貝果

發行人 / 廖伸華
出版者 / 白馬窯業股份有限公司
地址 / 326 桃園市楊梅區新榮里電研路 5 號
電話 / (03)490-3111
傳真 / (03)490-9051
網址 / www.whitehorse.com.tw
白馬寶寶 fb/ whitehorsebaby

代理經銷 / 白象文化事業有限公司
地址 / 401 台中市東區和平街 228 巷 44 號
電話 / (04)2220-8589
傳真 / (04)2220-8505

2024 年 4 月初版
ISBN/ 978-626-95011-1-3 （精裝）
定價 / 320 元

白馬寶寶繪本系列

風箏飛呀飛

文·圖/ 貝果

白馬文化

一個涼爽的秋日午後，
風兒輕輕吹來……

「哥哥，你看樹上那是什麼啊？」寶妹好奇的問。
「我們爬上去看看！」白馬寶寶說。

「哇！ 好漂亮的風箏！
會是誰掉的呢？ 」
他們想， 應該找到風箏
的主人， 把風箏還給他。
可是， 要去哪裡找風箏
的主人呢？

他們一邊走一邊想，遇到忙著收集栗子的小松鼠們。

「午安！」寶妹問：「這是你們的風箏嗎？」

「午安！」小松鼠們說：「好漂亮的風箏喔！不過，這不是我們的。」

突然，一陣大風吹來，
風箏飛了起來⋯⋯
「啊！快追！」白馬寶寶大叫。

風箏飛呀飛，

他們追呀追……

風ㄷㄥ停ㄊㄧㄥ了ㄌㄜ， 風ㄷㄥ箏ㄓㄥ掉ㄉㄧㄠ落ㄌㄨㄛ在ㄗㄞ柿ㄕ子ㄗ樹ㄕㄨ下ㄒㄧㄚ，
正ㄓㄥ在ㄗㄞ採ㄘㄞ柿ㄕ子ㄗ的ㄉㄜ， 是ㄕ他ㄊㄚ們ㄇㄣ的ㄉㄜ好ㄏㄠ朋ㄆㄥ友ㄧㄡ小ㄒㄧㄠ灰ㄏㄨㄟ。

「午ㄨ安ㄢ！」白ㄅㄞ馬ㄇㄚ寶ㄅㄠ寶ㄅㄠ問ㄨㄣ：「小ㄒㄧㄠ灰ㄏㄨㄟ，這ㄓㄜ是ㄕ你ㄋㄧ的ㄉㄜ風ㄈㄥ箏ㄓㄥ嗎ㄇㄚ？」

「午ㄨ安ㄢ！」小ㄒㄧㄠ灰ㄏㄨㄟ說ㄕㄨㄛ：「好ㄏㄠ漂ㄆㄧㄠ亮ㄌㄧㄤ的ㄉㄜ風ㄈㄥ箏ㄓㄥ喔ㄛ！不ㄅㄨ過ㄍㄨㄛ，這ㄓㄜ不ㄅㄨ是ㄕ我ㄨㄛ的ㄉㄜ。」

「今年秋天的柿子長得特別好，做成柿餅一定很美味呢！」小灰說。
白馬寶寶和寶妹一起幫小灰採柿子，將籃子裝得滿滿的。

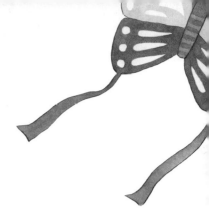

突然，又有一陣大風吹來，
風箏再次飛了起來……
「啊！快追！」寶妹大叫。

風箏飛呀飛，
他們追呀追……

風ㄈㄥ停ㄊㄧㄥ了ㄌㄜ， 風ㄈㄥ箏ㄓㄥ掉ㄉㄧㄠ落ㄌㄨㄛ在ㄗㄞ一ㄧ艘ㄙㄡ小ㄒㄧㄠ船ㄔㄨㄢ裡ㄌㄧ，
坐ㄗㄨㄛ在ㄗㄞ小ㄒㄧㄠ船ㄔㄨㄢ旁ㄆㄤ的ㄉㄜ， 是ㄕ他ㄊㄚ們ㄇㄣ的ㄉㄜ好ㄏㄠ朋ㄆㄥ友ㄧㄡ小ㄒㄧㄠ棕ㄗㄨㄥ。

「午安！」白馬寶寶問：「小棕，這是你的風箏嗎？」

「午安！」小棕說：「好漂亮的風箏喔！不過，這不是我的。」

跑了好遠的路， 白馬寶寶和寶
妹已經有點走不動了。
小棕說： 「 我的船借給你們，
划往湖的另一邊看看， 或許可
以找到風箏的主人喔！ 」

「呼～呼呼～呼～」
一隻白色貓頭鷹朝著他們發出叫聲。

「白天怎麼會有貓頭鷹呢？」寶妹
覺得很奇怪。
「會不會是傳說中能帶來幸運的貓
頭鷹？！」白馬寶寶驚喜的說。

這時，
貓頭鷹飛了起來，
他們好奇的跟過去……

過了一會兒， 貓頭鷹在湖邊停了下來……

「那裡有位老爺爺，我們去問問看。」白馬寶寶說。

「午安！爺爺！」白馬寶寶問：「這是您的風箏嗎？」
老爺爺看了看，微笑著說：「是啊，這是我親手做的風箏，謝謝你們把它送回來！」
原來，這位老爺爺就是風箏的主人。

「你們想看看我做的其他風箏嗎？」老爺爺問。
「想！」白馬寶寶和寶妹開心的說。

哇！ 他們從沒見過這麼多、 這麼漂亮的風箏……

「好希望看見每個風箏都能飛起來，」老爺爺說：「可惜，我年紀大了。」

白馬寶寶和寶妹決定想個辦法完成老爺爺的心願。

於山是户，他拿們店回系家景把多家景人男們店找歌來劣；再票把多小蒜棕色、小蒜灰色、小蒜松色鼠色們店找歌來劣……

「我們放風箏去吧！」

那天下午，天空變得特別美麗，老爺爺笑得好開心，
他感動的看著風箏，越飛越高，越飛越高⋯⋯

「啊ㄚ！」
風ㄈㄥ箏ㄓㄥ飛ㄈㄟ呀ㄚ飛ㄈㄟ……

作者簡介

貝果

一直以來，被森林的神祕感深深吸引著，喜歡以擬人化的小動物為主角發想故事，用水彩手繪方式作畫，創作的繪本都是發生在一個名為「果果森林」的地方，我和小動物們也住在那裡。

曾獲：信誼幼兒文學獎、「義大利波隆那兒童書展」臺灣館推荐插畫家、Book From Taiwan 國際版權推荐、好書大家讀好書推荐、文化部中小學生讀物選介、入選法蘭克福書展臺灣館書單、入選香港第一屆豐子愷兒童圖畫書獎、入選 Singapore AFCC BIG 等。

作品有：《藍色小屋》、《全世界最好吃的鬆餅》、《白馬寶寶一家的幸福日常》、《森林裡的起司村》、《老婆婆的種子》、《早安！阿尼‧早安！阿布》、《野兔村的阿力》、《野兔村的小蜜蜂》、《野兔村的夏天》、《今天真好》、《我喜歡》等二十多本書。

原創繪本《早安！阿尼‧早安！阿布》授權 NSO 國家交響樂團以動畫結合古典樂於國家音樂廳演出，以及國家圖書館、臺北市立圖書館、新北市立圖書館等，多家圖書館壁畫創作與授權。

2015、2016 年應新北市文化局邀請，策劃「貝果在森林裡散步－原畫及手稿創作展」於新莊、淡水展出。
2021 年應信誼基金會邀請，策劃「阿尼和阿布在果果森林－貝果原畫及手稿創作展」於臺北展出。

■ 貝果在森林裡散步 FB : bagelforest

■ 貝果在森林裡散步 IG : bagelstyle

■ 呼呼和小哈 IG : bagelforest